U0059095

蔡榮勇 著

獻給父母親・弟榮聰

蔡榮勇父親與母親合照。

蔡榮勇父親。

自序

童年有一段很長的時間，早早上床睡覺，可以忘掉肚子餓、忘掉天黑，趕快天亮就有早餐吃。直到初三上學期，才學會復習功課晚睡，生命好像才懂得黑夜的孤獨。那時候，學業成績才能排在個位數字。

半路店是我誕生的地方，深刻的記憶點是讀國小一年級，阿爸扶著我的手教我寫名字。出生的時候，阿爸到照相館為我拍獨照，大概是一歲左右。那是我童年生活中唯一留下來的照片。

一年級就讀西安里學區的螺陽國小，上學時大家都得排隊走在石子路，往學校前進，大部分的同學都是赤腳，大約十到十五分鐘就可以抵達學校。記得一年級的級任老師謝滿足，秀氣的瓜子臉，對學生可用和藹可親四個字來形容。大部分的學生都不會說國語，老師上課的時候夾雜著台語。每次發下成績單好像很少有優，爸媽不識字，從不看成績單，也不知道成績單的意義。生活很簡單，回家寫完功課就出去玩。那時候屋前屋後植種植了數十棵柚子樹，附近鄰居的小孩都會這裡玩，玩捉迷藏、玻璃珠、橡皮筋、圓仔牌。吃飽飯後阿母就說上床睡覺，那時家裡窮，沒有收音機，沒有報紙、沒有半本課外讀物。電燈是小小的五燭光，比星光還小、還好月亮會睜大眼睛保護全家大小。

升上中年級，要背九九乘法表，級任老師只會要求死背，不會默背的同學，不准回家吃中餐，會背了才能回家吃飯。現在回想起來，仍然感受不到九九乘法表深刻的回憶。這時候學校如火如荼推行講國語運動，在學校不准說台語，說台語的同學得掛著一個狗牌，上面寫著「**我要說國語**」。下課時，會看見許多小朋友掛著狗牌，在胸前晃來晃去。記得教室前面種了數棵鳳凰木，開花的花瓣非常鮮紅，再來好像就是一片花海。最快樂的事情，仍然是寫完功課就可以到柚子樹下跟小朋友玩耍，好像忘了把課本的語詞放入口袋裡。

升上高年級，吃晚餐後再課後補習，所謂補習就是不斷寫數學、國語測驗卷，檢討考卷，緊接著考得不理想的同學就會挨打。白天學校的課程也是一樣，體育課也是看老師的心情，讓大家玩玩躲避球。美術音樂課躲起來在樹下納涼，全部被挪用上國語和數學。記憶最深刻的是，電視誕生了，最高興的是，晚上補習放學回家，回家路上順便站在店家門口觀賞《**勇士們**》影集。那是補習後最快樂的一件事情，把數學國語偷偷的放入電視影幕裡。

國小六年期間，不曾閱讀過任何一本課外讀物，漫畫也不曾閱讀過，直到師專畢業擔任小學教師，第一次閱讀安徒生童話故事。也因為這樣不讓我的學生跟我一樣，購買了大量的兒童讀物，放在教室後面供學生閱讀。研究作文教學和兒童詩教學，讓小朋友品嘗到文學的滋味。任職彰化縣田尾國小，邊教邊學，自我研讀進修了五年的兒童文學。我和小朋友共築了兒童文學的美夢，也讓我嘗到了教書的熱情和樂趣。

童年似乎很平淡沒有什麼鮮豔的色彩，可是很快樂，好像雪白的雪，沒有留下任何煩惱的腳印。一片白茫茫的大海，總是有幾個人影在岸邊玩耍。讓人感覺夕陽在等我回家，回家的途中，兩旁的稻田好像也陪著我走路回家。回到家，一盆盆花花綠綠的盆栽露出微笑歡迎我回家。

童年很貧窮，家裡很乾淨，廚房沒有灶，一個灶放在外面，廚房也是客廳，有一張餐桌，一個菜櫥放著碗盤。沒有浴室，廚房的門關起來當浴室，沒有任何「電」字的設備，只有一盞五燭光的小燈泡，一間臥室，一家六口擠在一條薄棉被，冬天晚上睡覺的時候，一床棉被大家拉來拉去，舉行一場棉被拔河比賽，躲過寒冬。

想到阿爸的童年比我更可憐，他很小的時候，由親人抱著他送別父親，由阿嬤扶養長大，上有一個哥哥和兩個姐姐，那時阿嬤已經很老了，家裡沒有錢讓他去讀書。他從不講小時候的事情，在家裡很少說話。生活非常節儉，出門做生意，過午了，仍然趕回家吃冷菜冷飯。唯一的興趣就是種植花草樹木。

想起阿母的童年跟阿爸一樣可憐，兩三歲被曹家領養，養母隔年生病逝世，由雙眼全瞎的阿嬤扶養長大。七歲就得站在椅子上煮三餐。她在家裡做家事讀小學，國小畢業，養父就帶她到工廠當女工，薪水全由養父領走。

男女這麼貧窮竟然敢結婚，就這樣我被誕生了，爸媽構成了我的認識之旅。學會認識爸媽、國家、認識世界、認識自己、認識別人。這些認識構成私我的空間，構成我的思考，構成生命的神祕世界。

2022/3/1修

2023/4/12修

目次

輯二　吾鄉寶斗

輯三　寫給阿母的詩

輯四　寫給阿爸的詩

輯五　寫給弟弟榮聰的詩

輯一　半路店的童年

半路店的檳榔樹，檳榔樹有陽光的味道，陽光擦亮童年，檳榔樹在北勢寮長高。

半路店的龍眼樹，龍眼樹有陽光的味道，陽光擦亮七月，龍眼樹在北勢寮結果實。

半路店的葡萄樹，葡萄樹有阿爸的味道，阿爸擦亮夏季，葡萄樹在北勢寮長出串串葡萄。

半路店的灶，灶有阿母的味道，阿母擦亮貧窮，灶在北勢寮煮飯。

我在北勢寮半路店出生，我的血液裡蘊藏了阿爸、阿母以及祖先的愛。

走入北勢寮半路店

走入北勢寮半路店
走入夢境的小路
走入童年的小路

沿路兩旁檳榔樹和龍眼樹排排站
再走進去就是柚子樹林
綠葉纏繞著鼻子
纏繞著柚子樹的香味
耳朵聽著鳥鳴、蜜蜂嗡嗡叫
眼睛閱讀花朵的詩味

經過二叔公的家
就會看到大大小小的綠盆栽
懸掛著串串的綠葡萄
傳來番鴨嘎嘎的叫聲
阿母在屋簷下煮飯
阿爸在門前澆花

竹管厝露出害羞的表情
龍眼樹守護著大門口

九重葛張開紅色的笑容
石斛蘭吐出新花蕾
蝴蝶蘭紅色的花朵
葉香花香不肯凋謝

走入北勢寮半路店
北勢寮火車站拆了
赤銅色鐵軌拆了
房子拆了雜草佔據為王
找不到童年熟悉的味道

走入北勢寮半路店
頭髮變白了
碰不到半個兒童
曾經擁有的童年
一朵不小心凋落的柚子花瓣

走入北勢寮半路店
想起一家人吃飯的光景
一鍋熱騰騰的薑母鴨

三個男生一鍋飯
一下子吃光光

2021/2/16

北勢寮的童年

童年結束的速度和小狼成長的速度一樣快

——辛波絲卡

北勢寮的童年
好像夜晚的月亮
天一亮
已經六十幾歲
迎接第三個童年
小孫女阿妞

北勢寮童年的影像
躲在在童年的角落
阿媽阿爸的記憶
還未消失
童年成為瞬間
凍結了童年

2021/5/20

刊登人間福報副刊

故鄉的北勢寮火車站

早上兄弟三人手拿著加薦仔
蹲在鐵軌旁的小徑拔草

家裡飼養的家兔等著　吃
夕陽趕了過來催我們回家

赤銅色的鐵軌吸引雙腳
走在上面老是跌了下來

溪州糖廠不生產食用糖
五分車的鐵軌、車站拆了

阿爸過世了北勢寮站荒廢了
留下阿爸生前種植的芭蕉

故鄉北斗的歲月染白了雙鬢
也拉近了死亡的距離

2022/9/4

半路店

車過斗苑路半路店
小火車北勢寮站
蓋起一棟棟的高樓
豎起醒目售屋廣告牆

往昔童年的陽光
消逝了，留下
柚子樹累累的果實
烙印在心頭

土地仲介打電話告知
土地一坪八萬
土地賣了，童年
僅僅留在存摺的數字

2023/4/12修

媽媽有兩個娘家

我家門口
有一個半島形的火車站

半島形的火車站
北勢寮（半路店）
往南往溪州、竹塘、二林
往北往田尾、外三、田中

回生母外婆家　田中
媽媽的心情
比五分火車還長

回養父外公家　外三
下車後
還要走長長的小路

坐小火車閱讀
小火車畫的繪本
——農村的風景

有一個小火車站
在家門前。等候
童年的到來

2021/7/12修

柚子樹

清晨，陽光
打開竹門
瞥見柚子樹
伸出眾多的
小綠手

阿母在灶頭煮早餐
阿爸抽菸澆水賞花
阿嬤在屋前屋後掃地
麻雀唱著早安歌

阿爸吃完早餐
急著出門做生意
弟妹背著書包上學
陽光走在前面帶路

站在柚子樹下
他向我揮手

告訴我心中
有一顆柚子太陽

2023/6/2修

撿拾稻穗

夏秋稻子成熟時
放假日，媽媽
分給我、大弟弟、小弟弟
每個人一個加薦仔（麻袋子）

遠遠的聽到
脫穀機在稻田裡
高聲叫嚷的聲音
腳步不禁加快起來

走入稻田
張開老鷹的眼睛
猴子的手腳
撿起遺落的稻穗

回家　成群的鴨子
跟隨在我和弟弟的背後
伸長脖子
啄我和弟弟的加薦仔

收割完的稻田
理了一個大平頭
留下了
童年的腳印

2021/7/12修

廟

媽媽
買了幾粒蘋果
買了一盒餅乾
買了一束香和一疊金紙
到廟裡向媽祖
許願，祈求媽祖
保佑全家身體健康
孩子認真用功讀書

跟媽媽到媽祖廟拜拜
有水果吃　有餅乾吃
媽媽臉上，還有幾朵烏雲
停駐在額頭上

心中有煩惱告訴媽媽
不用拜拜
煩惱馬上就飛走了
媽媽也是媽祖吧！

2018/12/12修

稻草蚊香

曾經　葉綠
曾經　花開
曾經　吐穗
成熟的稻穗

稻子收割後
留下一束一束的稻草
一束束裝上牛車運回家
變成一棵稻草大樹

夏夜，院子乘涼時
爸爸點燃一束稻草
煙霧裊裊　干擾
蚊子飛行的視線

2018/12/12修

一棵龍眼樹

七月的南風徐徐吹來
屋前的一棵龍眼樹
黃色玻璃珠似的
紛紛往下墜
成熟時
好像阿嬤微駝的背

一顆一顆黃色的彈珠
忍不住，露出縫隙
偷看蒼蠅
蒼蠅呼朋引伴
嘗甜

這時
我和鄰居的小朋友
眼睛也偷偷地看到了

大家不約而同
學猴子爬樹
紛紛爬上龍眼樹上

摘龍眼
品嘗到甜滋滋的果肉

讓　愛發脾氣的夏陽
生悶氣
沒有人，要請他吃
一顆龍眼

2022/7/3

鞋子看到了

上小學
穿不起鞋子
鞋子太貴了

木屐
睡覺前
洗腳穿的

赤腳
白天上學
穿的鞋子

過年穿上新布鞋
腳高興得
想要飛起來

穿一下子
趕緊脫下來
背著布鞋走路

上小學
家的貧窮
鞋子看到了

2018/12/12修

戲水

夏天的河水
把陽光
玩在手裡，涼

鐵橋下，玩跳水
一個跟一個跳下去
小河變成游泳池

河水
藏不住童年
快樂的跳水聲

2022/3/5修

五分車

我家門前
有一個半月台北勢寮站
從竹塘到田中有五分車通行
蒸汽火車頭拖著五至六個貨車廂

坐五分車到田尾初中讀書
鐵路兩旁的稻田
告訴我季節的訊息
告訴我時間的面貌

我家門前
有一個半月台
早晨用汽笛聲叫醒我
上學不能遲到

註：溪州台糖不製糖了，小火車便失業了，鐵軌也回收了，還給居民或賣給居民，居民蓋上房子，小火車在心中留下甜美的回憶。我家門前的小站剷平了，心中仍然珍藏著。

2022/3/5修

搔草

透早天未光　阿母
早頓已經煮好矣
垃圾的衫褲　洗好矣
頭戴著草笠出門做穡

頭戴著草笠仔做穡
提著一壺滾水
日頭中在稻田裡搔草
留下歸身軀的汗珠

中午轉來
走入廚房
一目囁
三菜一湯煮好了
囫圇吞幾口飯
又閣急欲做穡
直到　天黑　黑
天　暗　地　黑

2018/12/15修

悄悄話

稻穗成熟了
不敢散發出　香味
頭低低的祈禱
祈禱　麻雀不要來偷吃

雞婆的風　忍不住
在麻雀的耳邊說悄悄話
「我聞到了稻香」
麻雀成群結隊　往下俯衝

2020/11/16修

會發亮的豆子

夕陽西下
坐在戶碇
抬頭眺望夜空
不知那一位小孩子撒了滿天的豆子

雙眼看著月亮　心底
毛毛的　害怕被月亮
割下耳朵
趕緊鑽進被窩裡

2023/6/2修

蕃鴨

蕃鴨的臉龐
像愛喝酒的阿公

愛穿黑衣服
像黑社會的老大

眼睛旁邊
長一個肉疣
像一位小丑

走起路來
像關公舞大刀
怒氣衝天

媽媽說，蕃鴨臉紅
最帥了，可以進補了

2023/6/2修

飼養兔子

阿爸飼養兔子
買賣兔子維生

養過各式各樣的兔子
日本大白兔
長得像一隻小白狗

兔子露出
兩顆大門牙
吃個不停

蹲在籠子裡
雜草和番薯葉
吃得津津有味，忍不住
也想嘗嘗看

阿爸飼養兔子
也飼養一家大小

2018/2/6修

2023/6/2修

青蛙

農夫插秧的時候
小蝌蚪跟著出生

時間靜靜的聆聽

秧苗長大了
小蝌蚪也長大了

夜深人靜
躺在床上
呱呱聲催眠

時間緩緩地長大

稻子成熟了
青蛙懷孕了
躲在石頭縫裡生小蝌蚪

2023/6/2修

七面鳥

一群
伸長脖子咕嚕咕嚕
喚醒半路店的竹管厝

養火雞不容易
小火雞最怕蚊子叮
要幫牠們吊蚊帳

長大了會顧家
遇見陌生人
學孔雀開屏，展威

公火雞的脖子
咕嚕咕嚕伸長紅脖子
那是童年最快樂的顏色

2018/2/20
2023/6/2修

葉綠素

一棵柚子樹　翠綠且茂密
一棵柚子樹　茂密且翠綠
跟我綠綠的對話　麻雀也會
即興演唱　快樂頌

風隨時為我朗讀
各處聽到的歌謠

天亮時
隨時喝到免費的
葉綠素
那是童年最愛喝的飲料

2018/2/6修

爆米香

聽到「碰」一聲
米香的香味，鑽入
腹肚，咕嚕咕嚕叫

拿起馬口鐵空罐
從米缸舀米，排隊
等待「碰」和「米香」

咬第一口的滋味
甜　還留在舌頭
繼續喊甜　繼續吃

2018/2/6修
2018/2/19修

第一本繪本

一棵柚子樹
教我認識花香
教我認識蜜蜂
教我認識季節
教我認識清涼
教我認識綠色

在樹上爬上爬下
童年瞬間
長大了

柚子樹
是我的第一本繪本

2013/1/17修
2018/2/6修
2023/4/12修

天主教堂

走進教堂
右膝長跪
右手輕點十字
坐下來
聆聽神父講道

媽媽責罵的話
像天空的烏雲
隨風飄走了

牆壁上的馬利亞
摸著頭，對我說
「沒事了！」

走進教堂
右膝長跪
右手輕點十字
坐下來
傾聽神父講道

遙遠的馬利亞
露出慈祥的母愛
安撫了小男生的青春

坐著　聽著　靜著
心靈得到　　寧靜

2013/1/21修

辛苦的汗珠

一家人睡在一張床上
一家人共用一床棉被
朝陽叫醒大家起床

天剛醒來
阿爸就出門
阿母煮好早餐
一盤豆腐乳
一盤生薑
一盤醬瓜
弟妹吃得高興
高高興興上學去

放學了
背著妹妹跟鄰居的小孩
玩捉迷藏

天黑了
回家吃晚餐
洗腳洗手　上床睡覺

平淡的一天
阿爸阿母要留下多少
辛苦的汗珠

2013/1/21修
2018/2/19修

童話

柚子樹是一本童話

早晨的陽光
教我閱讀
晚上的月亮
為我念書好入眠

不知哪一年
這本童話書遺失了
心底卻留下柚子香

2013/1/21修
2018/2/19修

掩咽雞

姐姐當母雞
弟妹當小雞
大家一起高聲念謠
〔掩咽雞
走白卵
隨你食
隨你刣
雞仔子
逃 ga 無半隻〕

妹妹動作慢
老是當鬼
趴在柚子樹的樹幹
睡著了

大家守在她旁邊
抓愛睏鬼

2013/1/28

布袋戲

南挾反山虎　戴著伍仁的眼鏡
走路的姿勢　三胛六肩的痞樣
黑社會老大的派頭
東南派的戰將
西北派的剋星

西北派高手如雲
戰死了　黑布一揮
新高手現身　彩虹布一揮
高手的名字又長又拗口
頭身變大身軀變長

東南派和西北派
打得難分難捨
南挾反山虎受重傷

「多謝陳先生賞金一千元
　多謝蔡先生賞金五百元
　多謝……　　　　　　」

今晚就演出到此
謝謝賞金、觀賞
下次本團將在北斗牛墟廣場演出

2013/1/29修

電話

打電話，被電話裡的聲音嚇到了，那是小精靈在講話的聲音嗎？
我，講話的聲音，對方怎麼可以聽到我的聲音？

2014/3/11修

郵票

不識字的父母親
不會寫信
也沒有人寫信給他們

讀國小
郵票是珍貴的
玩具

第一次買郵票寄信
心中　懷疑
這樣對方會收到信嗎

郵差，好像
長了一對翅膀
空中自由飛翔

2023/6/2修

清水溝

屋後灌溉的清水溝
水清照映藍天白雲
夏天熱穿著內褲戲水
撈魚捉泥鰍撲青蛙

返鄉回老家
稻田長出高樓
呼吸不到農田的氣味
清水溝變作臭水溝

2018/2/5

放暑假

放暑假
我和大弟、二弟
沿著五分車的鐵軌
找尋兔子愛吃的鵝腸草

抬頭遠望鐵軌的盡頭
什麼時候
我才能揭開黝黑的祕密

2018/2/5

小火車

小火車快飛
剛吃完早餐
聽見五分車吐出黑煙的汽笛聲
背上書包衝出家門

小火車在北斗車站喝水
心臟緊張的跳一下
坐在位置上，喘一口氣
終於放心了

小火車快飛
窗外的稻田快飛
站立的電線桿
不想快飛

2019/2/3

捉泥鰍

雙手捉泥鰍放入水桶
雙手滿滿捉泥鰍放入水桶
提著滿滿泥鰍的水桶
媽媽說
中餐有炸泥鰍可吃

長大了
捉不到泥鰍
捉不到童年

2018/2/6

水雞

一尾蚯蚓
跳上跳下
躲在稻田裡的青蛙
想吃，跳起來
一口咬住，正想要
吞進去，怎麼會
是一個布袋子

跳來跳去
跳不出來
我的童年

2018/2/19修
2023/6/2修

甜粿

過年
阿母自己做菜頭粿
外公自己做甜粿
菜頭粿沒幾天就吃完了
甜粿放在神明廳
初五後，阿母說才能享用

外頭玩遊戲
肚子咕嚕叫
切一小塊甜粿
咬在嘴裡好像在吃巧克力
比巧克力更Q

現在想起來　外公
還是那麼甜
那麼甜的甜粿

2023/6/2

童年的夥伴

在柚子樹下，柚子大又圓
童年的夥伴　阿龍
帶領我們玩捉迷藏
心中充滿了懷念

在龍眼樹下，龍眼圓又圓
童年的夥伴　國彰
我們一起下象棋
心中留下了思念

在庭院裡，汪汪汪
童年的夥伴，小白
陪著我到處奔跑
心中畫下了影子

2023/6/2

柚仔花

細漢
半路店的竹管厝
柚仔花開甲滿四界

大漢
半路店的竹管厝
野草生湠甲滿四界

2023/6/2

繪本

童年
童書，一本也沒有
報紙，沒看過
收音機，沒聽過
電影，沒看過
皮鞋，沒穿過

布袋戲，一個寺廟
看過，一個寺廟
布袋戲，一本
唯一讀過的繪本

2019/1/5

再來

公路局車站旁邊
有一排三輪車等候客人

1975年師專畢業
計程車取代了三輪車
五分車北勢寮站拆了
公路局北勢寮站拆了

北斗鎮輸給
台鐵高鐵經過田中鎮

北斗鎮也輸給
田尾公路花園

再來……

2019/2/1初稿

陀螺

柚子樹下
小孩子聚集在一起
玩陀螺
把地球甩出去
轉個不停
夕陽，看暈了

一停
一位轉不動的老人

2019/2/3
2020/2/1

阿嬤

阿嬤的脖子吹了一個大泡泡
嘴巴牙齒全部掉光光
頭髮很長自己洗
自己一個人住一個房間
天天洗澡愛乾淨

阿公

小孫女
叫我　阿公
驚叫
我的阿公

從來沒有叫過
阿公

毛衣背心

就讀小學五年級
媽媽拆下自己的毛衣裙子
請人重新編織我的背心

寒風中上學
毛衣穿在身上
每一條毛線，裹住
每一小塊肌膚

迎著寒風
我高興地說
母親送給我的禮物

2020/2/20

麻雀失聲

阿爸在芭蕉樹下往生
芭蕉樹相繼萎謝
結不出綠綠果實

北勢寮半路店
蔡氏家族散了
荒草一堆
麻雀失聲

2020/3/1

水牛

走出家門隨時都會看到
身軀龐大的水牛
靜靜的　吃著草

結實的線條
從彎角到背脊到腰部
吸住了　大地的眼睛

嘴巴流著白色涎沫
讚美　青草好吃
好吃的青草

2012/7
2020/3/21

故里

高鐵載著不敢閉上眼睛的我，奔跑。
向著故里田中奔跑，
火車經過隧道時
就會傳來廣播「田中站到了！」

故里雜草叢生
大部分土地賣給建商
天空不肯離開

春天來了
看不見那一棵巨大的柚子樹
香香的柚子花不再盛開
蜂蝶集體失蹤
麻雀找不到唱歌的舞台

故里，感謝您的厚愛
讓我留下快樂的回憶
再見，不敢奔跑

2020/3/26

蒼蠅

夏天
媽媽將西瓜
切成一小片
蒼蠅停在紅色的瓜肉上
分不清那一個才是西瓜的籽

一不小心
也把牠們吃進肚子裡
真害怕　蒼蠅
會從肛門飛出來

2020/3/27

鳳凰木開花

六月鳳凰木開花
每一朵鳳凰花
存檔快樂的童年

民國56年畢業的童年
還遺留在螺陽國小
螺陽國小卻無法還原童年

看見鳳凰木開花
打開童年的檔案
看見童年的快樂

2020/3/28

老家

出生的地方，半路店
阿爸過世後
分給我們三個兄弟和一個妹妹

老家被建商蓋大樓
存在銀行的數字
找不到童年的時光
呼吸不到童年的空氣

老家的泥土長出來的植物
找得到成長的腳印
找得到不小心掉落的哭聲、笑聲
甚至掉落的牙齒

甘蔗歌

種下甘蔗
聆聽炙熱的陽光
聆聽汗珠滴落的聲音
聆聽孩子肚子餓的聲響

甘蔗成熟時
不能自已秤重
不能自已喊價

2020/12/18

故鄉北斗

兒時的記憶
五分車的鐵軌看不見盡頭
五分車戴著白甘蔗出發
兒時的生活
前後左右都是田園
可以看見遠方的地平線

水溝清澈
可以捉到鱔魚和泥鰍
水溝混濁
寶特瓶、塑膠袋漂浮水面

斗苑路鋪上柏油路
我回來了，四十年歲月
鄉音不變，頭髮變白

中山路還是中山路
肉丸還是一樣的味道
李老城肉乾一樣好吃

北斗高中、北斗國中和北斗國小一樣親密
大菜市場一樣的熱鬧
回到故居，阿母在安養院

2021/1/25

古井

小時候
柚仔腳有一口古井
清氣清氣的古井
水清清清
水涼涼涼

到古井提水時
都會看到自己的臉
繩子綁著水桶
用力拉起水桶
再把水倒入大水桶

阿祖在這裡
種植菜園
靠這口古井澆水
自從有了自來水
古井變廢井

2021/1/27

北勢寮

出生地，北勢寮
賣給建商之後

阿爸的香蕉園，消失了
觸摸不到　阿爸的汗珠
觸摸不到　阿爸的腳印
甚至靈魂

之後
北勢寮斗苑路西安里
成為一個語詞

2021/1/28

一床棉被

全家擠在一張床
搶奪　一床棉被

夢　偷偷的
放下一張地圖

醒來　冷冷地
冬風這麼說

2021/10/10

半路店

半路店，我的出生地，賣給建商後，我要如何告訴子孫，我的出生地在哪裡。

阿公種植的柚子樹，子孫將出生地賣給建商，僅僅在存款簿多幾個虛擬的零而已。

2023/1/5

祖母

母親住在安養院，不禁想起祖母一個人住在自己房間。右邊是大伯的家，左邊是我家。

祖母一個月到大伯家吃飯，一個月在我家吃飯。記憶中跟父親一樣寡言，印象最深刻是祖母的頭髮很長，長過腰部，沒有上過一次美容院，長頭髮都是自己洗。嘴巴一顆牙齒也沒有，仍然咬得動大塊的雞肉。

2021/11/5

2023/4/12修

童年老了

北勢寮的童年　老了
阿公的兄弟紛紛往生了
他們子孫紛紛出外打拚
童年成為故事
一則生活的故事

阿爸不願意離開童年
種植芭蕉閱讀童年
現在也成為傳說的故事

2022/7/19
2023/4/12修

廣告看板

回到了故鄉
還記得五分車的北勢寮站
五分車車站拆了
溪州糖廠廢了

然則　老家也賣了
留下　建商的廣告看板
作夢也夢不到

2023/1/8
2023/4/12修

輯二　吾鄉寶斗

喀噠喀噠　喀噠喀噠地
從溪州糖廠　小火車駛進
北勢寮車站　以笨重且緩慢
的表情　像一條巨大的蜈蚣
搖搖晃晃的駛過來

越過稻田，越過蔗田
越過舊濁水溪
越過……

吾鄉寶斗

聽不見　百貨公司
擁擠的人潮
店仔頭的聊天
這是吾鄉的
臉

奔馳的汽機車
鐵馬躲在一角
聲音喑啞的
這是吾鄉的
身體

高樓大廈
長不出來
通風的竹管厝
這是吾鄉的
心臟

買不起
蜜絲佛陀的化妝品

買水果請媽祖吃
這是吾鄉的
信仰

年輕人　嚮往
海鷗　飛向　都市
老年人　放不下
泥土的汗珠和腳印
守著列祖列宗的血脈

2018/2/6修
2018/12/22修
2023/4/12修
2019/1/16
福報人間副刊

找揣北斗

北斗叫寶斗
Peitou的寶是什麼
肉丸的寶嗎
吃下兩粒肉丸
你還吃得下嗎

寶斗是什麼
是我誕生的地方
是濁水溪沖積的黑色平原
曾經是「北斗郡」的光環
還孕育了不少賢人

隔壁的田中有台鐵　高鐵
隔壁的田尾有公路花園、詩人陳謙
隔壁的溪州有課本詩人吳晟
北斗好像荒廢的遠東戲院
出外打拚，尋寶　當教員、警員、公務員

乘坐台鐵
到員林下車

轉搭員林客運回北斗
撿拾往日留下的回憶
甜美成為迷路的回憶

2018/12/22修

肉丸與林書豪

肉丸生
肉丸火
肉丸瑞
……
爭相發出香的武林帖
在中華路上招攬饕餮

現在
北斗是世界級的寶斗
美國NBA火箭隊當家後衛
——林書豪
谷歌上網超過2億條的信息

誰也沒想到打一場球賽
要賣出多少粒的肉丸

資本主義的舌頭
嘗不到肉丸的好滋味

2013/1/3修
2018/12/22修

小火車的記憶

喀噠喀噠　喀噠喀噠
從溪州糖廠　小火車駛進
北勢寮車站　以笨重緩慢
的腳步　像一條巨大的蜈蚣
搖搖晃晃的駛過來

一群小孩　睜開
老鷹似的眼睛
一車廂　一車廂
載著一捆捆的白甘蔗
一群小孩爭相伸出長手
——搶白甘蔗

小火車噗噗地吐出
縷縷的黑煙
告訴小朋友

趕快跑！

趕快跑！

附記：小時候，家裡貧窮，哪來的零用錢。頂多撿幾個玻璃罐和不用的鋁鍋去賣，換幾角，購買幾個糖果，就可以快樂一天。家裡沒有田耕，想吃甘蔗比登天還難。

夏季甘蔗採收期，每天都會有小火車從各地收割甘蔗載運到糖廠做糖。這是我們小孩子最高興的時刻，膽子大的大哥哥還爬上車上抽取甘蔗，白甘蔗不像紅甘蔗肥嫩嫩的，咬下去好像在拔河，好不容易才咬下一小片雲朵，可是滋味特別香甜。

2013/1/3修

2018/12/22修

2019/1/12修

北斗的溫度

東螺社平埔族部落
北斗郡
北斗街
北斗鎮
之後

溫度驟降

僅僅是燒燙的肉圓
僅僅是薄片的肉乾
僅僅是黏牙的麥芽糖

之後呢
草和草對話
北斗的溫度呢

2013/1/14修
2018/12/23修

北斗牛墟

阿火養了一頭水牛
拉不動牛車
拉不動碌碡
拉不動歲月

遷來牛墟販賣
手持蔗尾餵牠吃
眼珠子　不敢正視牛眼睛
風一吹　眼珠子就會滾下淚珠

阿火心中有一把火焰
找不到澆熄的茶水

2013/1/28
2018/2/19修

故鄉的柚仔腳

故鄉的柚仔腳
風颱天，
柚仔落甲滿四界
風佇竹管厝，覕相揣

阿爸甲阿母憂頭結面
袂當出外做工課
天頂，現出一稜虹
風停雨停心毋敢停

今仔
阿爸的厝，佇天頂
我呼嘘仔，甲阿爸講
故鄉的代誌

註：呼嘘，吹口哨。

2017/4/14修
刊登台文戰線53期

遠東戲院的辯證

遠東戲院，放映過多少部電影
安慰過，多少觀眾的心情
擦拭過，多少觀眾的夢想

初戀的情侶，碰觸女生小手的火花
全家人的歡笑，洋溢著親情的花香
好朋友的情誼，映現著心靈的閃光

遠東戲院關門，歲月反覆的觀賞
阿公阿嬤，隨時可以翻閱的繪本
後代子孫，看得見的名字

遠東戲院，塗滿草間彌生的斑點
那是觀眾，不小心掉落的眼睛
也是天空閃亮的星星

拆與不拆，誰來決定
改建商場與停車場
供鎮民購物、停車

遠東戲院，曾經存在的辯證
它是一隻變體的螢火蟲，一再鼓動翅膀
飛不出落漆的大門

遠東戲院1954年誕生，仍然呼吸著
今天早晨醒還在呼吸，繼續醒著
繼續要為北斗鎮民包裹回憶

2018/1/14修
2018/2/20修
笠詩刊339期

北勢寮的早晨

院子裡種了數十棵翠綠的芭蕉
北勢寮的天空，露出陽光
看不見阿爸工作的身影

芭蕉結出碩碩的綠果實
小鳥啄了又啄
阿爸不會跟他們搶了

啊！
阿爸飛上北勢寮的天空
芭蕉會成為一幅畫嗎

2018/1/18修
笠詩刊339期

北勢寮的店仔頭

這是我們的店仔頭
這是我們的傳播站

——〈店仔頭〉吳晟

北勢寮隆起的小火車站
沒有候車室
只有一位站務員

車站的右邊有一間店仔頭
車站的左邊有一間店仔頭

陽光探出頭來
一群老人聚集在一起開講
噗菸、下象棋、嚼檳榔

五分車　抽著大雪茄
駛入北勢寮站
告訴大家該回家吃飯了

溪州糖廠停止生產蔗糖
五分車就被遺棄了

老人孤單守著大門
喝米酒、噗菸，仰望天空

2018/2/21修
笠詩刊339期

李老城肉脯店

比我年長的肉脯店
舊員林客運站正前方
繁華的斗苑路街沒落後
李老城肉乾香仍然噴香四方

吃到的人都說　香
然而，北斗鎮依然香不起來
年輕人找不到香味
老年人聞不到香味

2018/2/21修
笠詩刊339期

詩人林亨泰

媽祖請您顯靈
北斗不要整條街賣肉丸
肉丸生、肉丸儀、肉丸瑞、肉丸火……
從一顆五角到現在一顆二十元
又怎樣

多幾個詩人林亨泰
多幾個小說家林俊穎

2018/12/22修
笠詩刊339期

公路局

自從公路局消失後
連同車站也消失了

記得第一次在遠東戲院
旁邊的候車亭買票
拿著錢，忘了說要去台中

就讀師專回北斗
在省立醫院旁等車坐公路局

經過烏日
經過彰化
經過員林
經過永靖
經過田尾國小
心裏生出風吹來的喜悅

自從公路局消失後
故鄉的童年好像也消失了

2023/6/2修
笠詩刊339期

故鄉

——之一

小火車是時間
柚子樹是時間
芭蕉樹是時間

風
吹過半路店

竹管厝是故鄉

2019/2/6

故鄉

——之二

白頭翁的叫聲
叫醒母親的美夢

母親忙碌的聲音
叫醒黎明的美夢

黎明伸出光的小手
叫醒窗戶旁的薔薇

阿爸騎著雙台的腳踏車
載著一籠子的土雞
追著陽光跑，大街小巷
大聲么喝，「買雞喲！買雞喲！」

一群麻雀站在電線桿上排排站
一起叫醒早　　　　晨

2019/11/23

寶斗，北勢寮

四季

阿母在爐灶前升火
吵醒了，酣睡的朝陽
翠綠的枝葉對我打招呼
噢！春天的早晨

屋前的柚子樹
結了綠綠的小果實
風鼓動著金黃色的稻浪
噢！夏日的正午

蝴蝶上下飛舞在
咸豐草白色的笑容
麻雀也趕來湊熱鬧
噢！秋天的黃昏

阿母點亮五燭光的電燈泡
全家人在餐桌上吃飯
竹管厝阻止不了寒風的欺侮
噢！冬天的夜晚

發表於台灣現代詩60期

我在哪裡

家鄉，北斗半路店
阿爸種了數十棵芭蕉
阿爸往生了，芭蕉胡亂生長

童年在此，安睡了
活著的我，夢中驚醒
我在哪裡

2020/2/3

往半路店的視線

往半路店的視線，看到了
阿爸一生居住的故鄉
我也在那裡出生長大

經歷了阿嬤往生的，哀傷
經歷了阿爸往生的，淚珠
經歷了女兒往生的，視線
轉變方向
看到了地球以外的天空

2020/5/10

舊街斗苑路

舊街沒落了
剩下李老城肉乾、鎮公所旁的北斗肉丸
街面仍然是老房子的風貌
出名的家具店跟著老師傅上天堂

中華路改建鋼筋水泥透天厝
出名的肉丸生，洪瑞珍花生糖
增添了診所、電器行、餐廳
看不見童年的腳印

北斗媽祖婆謝許英女士

每次產婆英女士選舉
阿母總是對我說
「產婆英對產婦很好
　窮困的家庭
　總會用麻油煎蛋給產婦壓腹」

阿母散赤
竟然　大出手
買了幾條香菸、幾包檳榔
左右鄰居
也都是這樣

每一次選舉
街上的房子就少了一間
聽說
整條街的透天厝
隨著當選的鞭炮聲
墜落滿地

2023/6/11修

附註：許英女士（1920~1993），彰化北斗公學校畢業後在北斗婦產科當助理，有感於台灣助產士的知識與技術不足，18歲時赴日本半工半讀考進九州產婆學校，畢業後於九州實習兩年即回北斗鎮執業，26歲嫁給畢業於日本京都帝國大學擔任教職的謝慶順先生。33歲時丈夫因病逝世，從此便獨力扶養三個分別7歲、5歲與3歲的兒子成人。

謝許英女士慈悲為懷，遇清寒者不僅免費助產並提供所需物資；此外，平常亦熱心公益與文化事業，曾任北斗鎮婦女會理事長、彰化縣助產士公會理事長、台灣省助產士公會理事長、台灣省婦女會常務理事，當選全國模範母親，40歲創設「扶幼獎助金」資助貧困兒童，因其一生行善，故有「大菩薩產婆英」及「彰化媽祖婆」的美譽。謝許英女士享年74歲，並獲總統頒發褒揚令。

故鄉寶斗啊，我要為你歌唱

故鄉寶斗啊，我要為你歌唱
從我老家屋簷下的麻雀們
從我老家屋後的青蛙們

這裡哺育過我童年的快樂時光
晚上到老師家補習
回家路上站立觀賞《勇士們》影集

故鄉寶斗啊，我要為你歌唱
自柚子花上消失的蜜蜂
自龍眼樹下消失的杜定

小火車的歌聲叫醒酣睡的我
樹葉的清香搖醒貪睡的我
我常遙望著故鄉的天空
故鄉寶斗啊，我在你的懷抱裡長大
當我在異鄉打拚的時候
我常常想要擁抱你

故鄉寶斗啊，當你在我底記憶裡浮現
昔日的樸素容貌　昔日寧靜的光景
我懷念遠東戲院觀賞電影《獨臂刀王》的時光

昔日孰悉的半路店
小火車拆了　月台拆平了
我沒有勇氣走過去拜訪

我要為你歌唱，故鄉寶斗啊
即使柚子花香的記憶　無法再重現了
即時竹管厝純樸的容貌　不能再重建了

故鄉啊　你是我身體的一部分
任誰也無法將我和你拆散
你是我永遠忘不了的情人，我要為你歌唱

遙遠的故鄉

故鄉在遙遠的地方
那裡，有我童年嬉戲柚仔腳
竹管厝雖然被拆了
建商改建大樓

遙遠的故鄉，那裡
有我乘坐五分車上學的北勢寮站
一大片柚子樹砍伐了
忘不了跟阿嬤一起切柚子一同吃柚子

遙遠的故鄉，那裡
有我跟同伴爬上龍眼樹摘龍眼
在柚仔腳打陀螺、打圓仔牌
在稻田釣青蛙、捉鱔魚

想回去，不敢回去
告訴自己，回去吧
故鄉的歲月，好像蜂蜜
儲藏在心中甜甜蜜蜜的

春天

春天走入北勢寮
鼻子聞到淡淡的清香
淡淡的柚子香

喚起童年故鄉
然而童年回不去了
樸拙的竹管厝消失

春風送來綠葉香
輕輕地喚醒鼻孔
南風吹拂玉蘭花

送來阿嬤的氣味
告訴我
戴上草帽去旅行吧

2023/4/12修

寶斗，北勢寮

輯三　寫給阿母的詩

小時候叫阿伊
是依賴、司奶
大漢叫媽媽
是感謝、包容

洗衣婦

農婦雖然辛勞
卻有樸拙的泥土為伴
然而母親卻一無所有
僅僅　一雙勤勞的手
僅僅　一雙勤奮的腳
還有　一顆不服輸的
意志

粗糙的雙手　替代
畫著紅丹的白蘆筍
裂開的雙腳　替代
塗著蔻丹的白青葱

農婦雖然辛勞
卻有寬厚的泥土為伴
然而母親卻一無所有
僅僅有　熱呼呼的愛
這個愛　遮蔽了自尊
這個愛　遮蔽了貧窮

寶斗，北勢寮

泥土本是自由的憨厚的
洗衣婦是日常的庸碌的
衣服本來是骯骯髒髒的
是母親賴以維生的工作

後記：阿母不識字，也沒有任何手藝，又無農田可耕種，出賣勞力為有錢人家洗衣服，遇到寒冷的冬天，雙手往往被自來水凍得裂嘴流血。

2023/6/2再修
發表於幼獅文藝

阿母的課本

阿母不識字
尚愛哲菜市仔

菜市仔
是阿母尚愛讀的冊

罔市仔　喝　賣豬肉
罔腰仔　喝　賣青魚
阿秀仔　喝　賣粉圓
阿樹仔　喝　賣水果
阿藤仔　喝　賣青菜
……

阿母讀的課本是講話
親像水蛙厚話
阿母讀的冊是聽人講話
親像放錄音帶

阿母聽尬真歡喜
阿母講尬真喜樂

2012/8/14修
2023/2/1再修
2023/2/3再修
發表於台文戰線

愛的光芒

阿母　會說幾句國語
眼睛找不到文字家園的
鑰匙

天天愛讀工作這本大書
讀累了　換讀另外　一本
囝兒序細成長的書籍

讀累了　夢的眼睛
繼續閱讀　黑夜　讀累了
繼續閱讀囝兒序細的夢想

囝兒序細寫了一本
她愛讀的書
想　拿出來
拿　不出來
唸給她聽
「太長了」
她說

阿母一輩子
文字的家園　摸無路
囝兒序細看見愛的光芒

2019/2/27修
2023/1/20修
2023/2/3修

老母，不識字

不識字的老母
囝兒序細的表情　是
她感動的詩句

每日的工作　是
她愛讀的散文

和人聊天　是
她愛讀的小說

愛子女的心肝　是
她讀不倦的哲學

她不知道　她
是一本囝兒序細　尚
愛讀的百科全書

地球嘆了一口氣　說
我嘛不識字

2023/2/3修

老母的一生

出生在田中陳家
被曹家收養
養母早死
由全瞎的阿嬤扶養長大
七八歲時，就得站在椅子上煮飯
撐起全家的日常生活

19歲嫁到蔡家
阿爸的阿爸早逝
夫妻困在窮的籠子裡
接連生下　三男一女
生活趕不走黑暗的窮
伸手不見五指的　窮

做牛做馬，從早到晚
餵飽一家六口的肚子
太陽給她　勇氣
月亮給她　掌聲

她，總是抱怨，窮
一如二林海邊的木麻黃
海風不肯停歇的
窮　窮　窮

2023/1/29修
2023/2/3修
發表於《笠詩刊》323期

窮

出生時，來不及
叫「阿爸，抱抱」
父親便往生了
兄弟姊妹多

被外三村的養母領養
過了不久，養母也過身了
童年是一條苦瓜

跟阿爸結婚
阿爸也是來不及
叫「阿爸，抱抱」
阿爸的童年是一條番薯

番薯苦瓜相互疼惜
生下我們兄妹四人
日子是一株荊棘

孩子長大了
黑夜繼續聆聽
她抱怨　窮

洗衣婦

詩人張香華〈一件紅絨衫〉
柔軟的，粗硬的
溫馨，變成嘮叨的叮嚀

詩人朵思〈洗衣〉
志氣是一寸寸的短
愛與關懷卻一截截增多

阿母不是詩人，是洗衣婦
寒天透早，雙手在洗衣板
為一家家換下的髒衣服清洗乾淨

血水，滴滴答答
乾淨，寫在
裂開的手指頭

附記：記得國小五六年級補習費一個月要繳五十元，為了繳納補習費，阿母厚著臉皮跟附近有錢人家洗衣服，一個月也是五十元。每每想到這樣的場景，眼淚找不到躲藏的地方。不懂得同理心的女主人，往往扔下無以數計的衣服讓阿母洗。

2023/2/6再修

2023/3/5再修

稻子的智慧

家貧　一家六口
母親怕小孩子腹肚枵
農家收割稻子時
趕緊，向農家收購20大包

不識字的阿母
這樣就不愁孩子的腹肚
配飯的菜餚
就不用煩惱

讀小學時
我就學會用大同電鍋煮飯
真的，有了白米飯
幾滴醬油也吃得飽飽的

2023/6/2
發表於笠詩刊340期

香烤魷魚與黑墨汁燉飯

——哈姆雷特有一句名言，生存還是毀滅，這是一個問題

北藝大的餐廳
點了，「香烤魷魚與墨魚汁燉飯」
吃了一小口
禁不住　嘔吐
阿母黑黑的身影

阿母住在田尾明昇養樂村
孤單一個人　咀嚼
每一天的朝陽
每一日的夜晚

阿母死亡的陰影
籠罩在心頭
撐起一盞思念的月光

走出餐廳，
思念　鼓動大翅膀
飛向　明昇養樂村

2023/6/2再修
笠詩刊354期

黃葉子

比你的眼更遠的是鳥的飛翔
終必消失在空中才甘心
這世界只剩下你在守候

——白萩〈樹〉

電動柵門一開
遠遠地　遠遠地
看見阿母坐在輪椅上

樹枝拉不住的黃葉子
只要，風一個咳嗽
黃葉子，抓不住樹枝

試著伸出小手，抓住
在風中飄落的
黃葉子

坐在輪椅上的老母
您看到了
前方的樹嗎

2023/6/2再修

明昇老人養樂村

地球跌倒了，怎麼辦
太陽跌倒了，怎麼辦
誰會來照顧他們

躺在床上，心情漂浮在
夜空中，俯瞰
田尾明昇老人安養中心
月亮守護著，擔心

阿母自己一個人
睡得著嗎
擔心子女，有沒有吃飯
有沒有熬夜

阿爸的家
就在前方的公墓
他會在身邊陪伴您

眼睛不肯閉上
黑夜壓著心頭
黑漆漆的黑影

2023/6/2再修
發表於笠詩刊340期

自卑

1936年出生的阿母
家窮不能上小學
不會說日語
不會說國語
不會寫自己的名字
看不懂報紙、書籍
一輩子只會說母親的話

阿母，窮
一塊錢也撿
還會到郵局撿錢
還會到彰化銀行撿錢

年輕時為了養育三男一女
為富貴人家洗滌弄髒了的衣服
認真閱讀每一件衣服的斑點
直到乾乾淨淨為止
甚至搓洗自卑的汙垢

2023/6/2修
發表於文學台灣117期

黑影

走進明昇老人養樂村
遠方有一個黑影，老貓
躍出來的影子嗎

一隻老貓。蹲著
陽光照不進來，無法
慵懶起來

阿母坐在輪椅上
坐著孤寂，棒球捕手
等待歲月的球

離開明昇老人養樂村
輪椅上的阿母，露出
黑夜時，貓的眼睛

走出明昇老人養樂村
我也是一個黑影
跟隨老貓的腳步

2018/12/23修
2019/1/27修
2023/1/20修

我轉來了

阿母不會說國語
阿母不會說客語
阿母不會說原住民語
阿母不會看報紙
會用眼睛看世界
會用耳朵聽世界
會用心靈讀世界

她的世界，無法透過書籍
穿越她不曾走過的世界

她用母親告訴她的語言
她用眼睛、心肝閱讀世界
她不用查字典，因為沒有生字

父親過世了
她更老了
世界越來越小
剩下她自己
孤　單

阿母過世了
我不能再叫，阿母
「我轉來了！」

2018/2/13
2023/6/2修
2023/1/18修
2019/05/09發表於人間副刊

阿母，對不起

阿母，對不起
我不能帶您回家
帶您回到都市公寓的家

明昇老人養樂村
這裡的工作人員
細心照顧您的日常生活

這裡是您小時候
孰悉的地方
三合院

小時候
您在三合院養育我長大
三合院倒了塌了散了崩了

向您道再見
也跟您愛的香味
說再見

走出大門
凝視著太陽
讓我曬著您的愛

2018/12/30修
發表於笠詩刊340期

舊

李清照詞選南歌子，**舊時天氣舊時衣，只有情懷不似舊家時。**

想起舊時的阿母，現在的心情舊不了，住在北勢寮半路店阿母是嶄新的母親，我是黏著阿母的小屁孩，日子過得很貧窮，心情過得很愉快，好像穿著舊衣服，貼心舒適的心情。

住在舊家時，心情才有舊衣穿，現在我的身心也舊了，卻穿不下舊時衣。

2020/7/26

發表於笠詩刊340期

阿母叫我名字

目賙細細蕊
鼻仔無夠啄
慈愛的笑容
藏佇心肝底
面卯變誠媠

毋管烏烏的
抑是白白的
阿母叫我名字
我就變誠媠
我就誠大漢

2020/12/12

明昇安養院

在明昇安養院的庭院
一株剩下枝椏的細葉欖仁樹
我與弟弟推著輪椅
停在草地上為阿母按摩

阿母吞嚥有困難
餵她妻子泡的咖啡
一小口一小口的喝
她困難的用手扶著小杯子喝

阿母一向不喜歡運動
坐在輪椅上更不會動
弟弟為阿母按摩腳底
不時喊好痛好痛

想起小時候
天尚未張開眼睛
阿母一大早出門
為有錢人家洗衣服

我與弟弟推著輪椅
停在草地上為阿母按摩
日子好像沒有老
阿母老得像一片枯葉

2021/2/2

念老母

老母一世人
毋捌
共字典　借半字

共日頭
借光　來做工作

共月亮
借夢　來煩惱

共生命
借愛　來向望

老母一世人
寫了一本字典
囝兒序細　共伊借字

2023/2/15再修

刊登台文戰線070期

母親

探訪明昇安養院
隔著一道電動門

曾經替我清洗身體的母親
曾經為我準備便當的母親

坐在輪椅的阿母
聽不見您大聲講話的聲音

隔著一道電動門
戴著口罩跟戴著口罩的母親講話

2021/10/8

阿母的私房錢

阿母一世人都在積攢，什麼都捨不得發錢，蛋都都買破掉的。子女給她的錢都積攢起來，有進沒出。不識字的她，還會把錢存入郵局和彰化銀行。

最不可思議的是把錢裝在一個小皮包，再用一塊布把小皮包捲起來，綁在胸部貼心，感覺鈔票的溫暖。

2021/10/24

阿母

阿母常常對我說，她生下來阿爸過世，分給曹家當養女，養母不久也過世，跟隨雙眼全瞎的阿祖過日子。七歲就得站在椅子上煮飯。這樣的日子比黑夜還黑夜，天亮了，陽光不曾照耀在我身上。

2021/11/6

入夜

之一

入夜，阿母的
身影，在眼前現身
想要跟她說話，
跳到童年，她
勞碌的背影

入夜，阿母躺在
床上，會想什麼？
睡得甘甜嗎？
會不會，做惡夢？

之二

入夜，北風呼呼叫
頭部感覺冷颼颼
不敢打開窗戶
遠方的阿母
不知是否睡得安穩

我翻來覆去
眼睛不肯閉起來
夢之門
也關不起來
北風呼呼叫

2021/12/3
笠詩刊354期

插座

暗暗的天
麻雀還沒，唱歌
阿母焦慮的，叫醒
朝陽的眼睛
她要煮飯、洗衣……
還要趕著洗阿嬌、阿滿……全家
被昨日弄髒的髒衣服

否則，柴米油鹽
大聲斥責她
偷懶！

年老無力的雙手，依然
不相信洗衣機的雙手
洗衣六十年的雙手
始終找不到洗衣機的
插頭

2018/2/21修
2020/12/14修
2022/6/21修

阿母是一株玫瑰花

阿爸和阿母結婚的歲月
就是我現在的年齡

阿母出口　總是
「阿爸年輕時，怎樣又怎樣……」

阿母是一株玫瑰花
花瓣隱藏著　刺的孤獨

2022/10/29
2023/2/9修

定定說

阿母您疼惜子女的心情
往往比日頭閣較燒
定定說
這一世人，做佮足忝

毋過
伊毋知
日頭嘛也破空
月亮定定會發光

2023/2/26

歲月

歲月。一顆隱形的棒球。太陽投擲，太陽一投擲，阿母從年輕到年老，接個不停，老了漏接，輪椅幫忙充當捕手，阿母是一朵枯萎的花瓣。

阿母過身了，辦完告別式，歲月宣布比賽結束！

2023/1/28修

麻油雞

阿母對我說，趕快進來吃飯，我為你煮了一鍋麻油雞湯。坐在輪椅的阿母，這樣對我說。

童年的歲月也呢喃著，麻油雞讓我吃了好幾碗飯。

2022/12/8

記憶

「明昇老人養樂村」，不用再對計程車說這個詞。

早上得早起趕著搭159公車，前往台中高鐵站，抵達彰化田中站，下車後再搭計程車，為老母腳底按摩，餵她喝杯咖啡，說說話，談談天。老母有點失智了！

這樣活生生的記憶，老母過身了，分不清在內在外的世界。

2023/1/23

2023/2/6再修

富農站牌

前言

每星期四從土庫停車場站牌，搭159公車到台中高鐵，抵達田中，再轉搭彰客7，坐到「富農」下車，徒步前往「明昇安養中心」，探訪阿母。沿路民房很少，有一座廟宇，大部是農田，以種稻為主，少部分種植花木。人口不多，往往只有我一個人在走路。坐下來等候彰客7，嘗試寫一首短詩，打發等待的孤獨。

之一

幾朵黃色的
絲瓜花
微笑的笑容安慰著
等候
彰化客運的孤單

之二

我看見了光，
光在天空上，
我孤獨的站在電線上，
我找到了光的祕密。

之三

富農
站牌旁
放著兩張短長椅
讓人聞到貼心的香味

之四

收割後的稻田
露出黃色的稻根
打開了
秋天的大門

之五

當楓葉遇見成熟的稻子

紅色對黃色說
你讓人成熟了
黃色對紅色說
你讓人美麗了

秋風
吹落　楓葉

吹醒　稻子
吹不醒　孤單

之六

走過順圳巷的小水溝，
狼尾草伸出長長的棒狀花朵，
想要跟秋風對話。

附記：台中彰化，彰化台中，趕著搭高鐵，緩個腳步四周散步，周遭的樹總是告訴我季節的變化，一棵苦楝樹成熟的果實，等待春天的降臨，等待萌芽成為一棵幼小的苦楝樹。每星期到田尾睦宜村「明昇安養中心」探訪阿母，也有這麼多令人心動的風景。

刊登文學台灣126期

之間

阿母和我之間的聲響
往往忘了聆聽
聆聽綠繡眼的美妙樂音
阿母過身了
阿母講話的聲調
是河流潺潺囁嚅的歌唱聲

阿母和我之間的關係
鮮少會想到斷裂、割捨
日光、月光遍照　歲月
阿母呼吸　停止了
我和阿母之間的關係
反而更加　緊密牢固

阿母和我之間的臍帶
出生時被婦產科醫生
剪斷了，仍然繼續存在
面對阿母的　遺像

阿母悄悄地　伸出
一條愛的Line連接我的肚臍

2023/1/30初稿
刊登笠354期

戶政事務所

老母躺平了，人間留不住您，連身分證都得除戶。然而您的愛，留下記憶的雪片也不肯融化。就像老家北斗鎮的地址，永遠是我們家的地址。

2023/2/4初稿

刊登笠354期

波羅蜜多

老母，共歲月揲大索
歲月，這一條大索
老母，揲八八年

菩提波羅蜜多

2023/2/5初稿
刊登笠354期

回憶

老母出生時，不曾想過要被收養。時常帶我們三兄弟和妹妹回外婆家，心情應該很複雜的，外婆沒有養育老母長大成人，老母或許想要獲得一點點的母愛。晚年時，我不知道老母不知在想什麼，她不讓我參加外婆的告別式，她總是害怕死亡。

在醫院住院時，已經忘了交代後事，總是在昏睡。元月28日，送別老母最後一程，躺在床上，老母的日常生活身影在心頭塞車，趕緊睜開眼睛叫停。老母一世人，好像不曾擁有被愛的親情，出生時被曹家生養，養生母早死，跟全瞎的阿嬤相依為命，日子實在有夠黑暗的！

老母過身了，狙擊了我的生命，狙擊了我的記憶，好像天空流浪的白雲。躺下來，夢一再浮現老母人間的生活。

不禁讓人想起蘭波的兩行詩：

她又出現了！
什麼？永恆！

2023/2/6初稿
刊登笠354期

輪椅的反思

不知哪位發明家
針對許多無法自己走路的老人
設身處地想了又想試了又試
完成了一張完美的輪椅

阿母行動不便坐上輪椅
結交一位親密的好朋友
讓她有一個活動的空間
讓她有一個休息的空間
讓她有一個行動的空間
讓她有一個坐下來的空間

然而，輪椅不是一隻白鷺鷥
振翅飛翔，飛到天堂的大門

2023/2/10再修

念母親

我是一株雜草
葉子不美
花也不美
淡紫色的小花
有幾朵小花
背著白色降落傘
準備跟著春風
到處探險　冒險

附記：早上到綠十七公園當花草志工，每次澆水時，角落有一株雜草，不時對我微笑，我總會給她水喝，就這樣她對我微笑，我給她水，安慰了我喪母的心情。

2023/2/11

今天是星期四

今天是星期四
忙著吃早餐、吃藥
趕著等候159公車
烏桕飄落著紅葉子
紅紅的　紅紅的　飄落
告訴我　春天來了
看見她　在養老院等我
聽見她　對我說「昨暗睏不下去」

2023/2/11

檳榔樹的話

水里「能仁火化場」，右前方種植了數十棵檳榔樹，高高低低隨風舞動著頭髮。他們不明白，死了為什麼還要火化。

2023/2/16

無

老母火化之後白色的骨頭，我撿到最後一個字「無」，現出《般若波羅蜜心經》的影子。

2023/2/20

黃昏

黃昏企圖掩崁一切的時陣
仍然聽見阿母的叫聲
「阿勇仔，趕緊轉來食母油雞唷」

黃昏企圖掩崁一切的時陣
五分車的蒸氣聲遠遠傳來
「阿勇仔，趕緊到轉來食按頓」

一傢伙作伙食飯快樂的情景
夕陽擘開目珠金金看
金金看，毋甘墜落大海

2023/2/22

排七

自從阿爸上天堂後
小女兒也跟著上天堂
阿母又跟著上天堂後
家變得更模糊了
記憶也更生鏽了
跟家人一同玩牌
七是淒
日子留下的屑屑
掃不掉

新年
就這樣
悄悄的
掉了

2023/3/11修

仰望

仰望阿母的臉，歌頌您一生的慈愛，照見了薄弱的胸膛，穿越了幽暗的山路。

仰望阿母的臉，讚美您一生的劬勞，照見了肚子的飢餓，亨煮了一鍋白米飯。

仰望阿母的臉，榮耀您一生的辛勞，照見了日子的喜樂，窺見了陽光的祕密。

2023/4/13修

空無

自從母親過身後，日日朗讀且書寫心經，心經一共260字。不外乎空（6個）、無（20個）。

母親為人世間除名，戶政事務所沒收了身分證，銀行、郵局的存款簿被凍結，不能以她的名字領款。

她一點也不空，成為一個洞，塞滿她醫生辛勞的汗珠

然而夢中，她一點也不「無」，成為跳舞的舞，舞蹈了她一生的勞苦。

生對應死，認認真真的生活，死不了。死了反而比生更充實。

倘使生不死，就無生命的新生，誠如春夏秋冬，一再的循環，萬物方能生生不息。

揭諦　揭諦　揭諦　波羅僧揭諦　菩提薩婆訶

2023/4/13修

阿母百日祭

早上前往社頭公墓，阿母百日祭。

走上台階，前往「崇德廳」，阿母的牌位祭拜。石階的縫隙，窺見一朵黃色迷你小花。

心頭顫動，阿母起身對我說，要勇敢且快樂的活下去！

2023/4/15

寶斗，北勢寮

輯四　寫給阿爸的詩

故鄉的柚仔樹
颱風天，落大雨
滿地都是綠柚子
風躲在竹管厝，玩捉迷藏

阿爸和阿母滿臉愁容
不能出外工作
天上，現出一道彩虹
風停雨停工作不能停

現在
阿爸的厝，住在天上
我吹口哨，跟阿爸講
故鄉的馬路消息

記憶中的阿爸

一個冬日的午後、一個人在國美館三樓看書、一排排的書櫃、一冊冊的書籍、一個檯燈、一張桌子、一張椅子和孤單的軀體。

常常懷疑自己讀得完這些書嗎，讀完之後又會怎樣，變聰明了嗎。常常在猶豫之間，不想再讀書了，往往過了幾分鐘就後悔了，縱然老花度數又增加了。

記憶中的阿爸，大概只會寫自己的名字，再來就不曾看過他拿筆寫過任何字，也不曾看過他讀過一張報紙或一本書。

記憶中的阿爸，不知從哪裡學來的算術，不用計算機，心中卻有一部計算機，使用一桿秤，很快就可以算出多少錢，比計算機還準確。

記憶中的阿爸，文字是不存在的。一輩子僅僅使用一本字典生活經驗，甚麼事情都請他指點或幫忙，拔杯代替閱讀和請教。

六月六日往生後，我做阿爸的兒子五十八年，阿爸好像不曾問過我閱讀的滋味。

把眼睛觀察到的阿爸，轉化成影像收藏在心底。我是用從學校學來的漢字，救贖自己的回憶。關於阿爸的生活哲學；關於阿爸的處事態度；關於阿爸捨不得在外頭吃飯，過午在家裡吃冷菜冷飯；關於六月五日對我說的話；關於阿爸不善於表達愛；關於跟阿爸之間的互動。對我來說，那是一種無言無奈的傷悲。

徘徊在記憶中的阿爸的軌跡中，尋尋覓覓父子之間的對話，從兒童、少年、青年、成年到中年，我想起初中時阿爸在社頭買了一台二手電視。那是阿爸第一次，可以在家裡坐下來看電視，看到眼睛以外的世界，聽見不同國家人民講話的聲音。

記憶中的阿爸，為了我而存在。懷念阿爸的歲月，地球才能存在著。

附記：2022/8/27日早上七點開棺撿骨裝甕，下午三點進塔「齊民殿」，了卻心頭的一樁心願，讓阿爸可以安心的佇進北斗第二公墓新家。

2019/5/27修

發表於笠詩刊329期

2022/7/9修

現此時

阿爸
是神　賞賜ho阮上好的禮物
每次跟阿母道再見
腳步　沉重　沉重
轉頭一看
阿爸　還徛在那裡
心情親像臭香的番薯

現此時
阿爸做神矣
目珠看袂到
用心偷看
目珠愈金

2018/2/21修
發表於笠詩刊329期

背影

不曾見過父親的阿爸
心底時常在找尋阿公的背影

1928年出生的阿爸
說自己的父親
聲音的顏色　斑駁
是憾　是怨
歲月混濁的濁水溪

2012/12/27修
2018/2/21修
發表於笠詩刊329期

我比阿爸幸福

我比阿爸幸福
阿爸還在我身邊
種植芭蕉
收割芭蕉

沒有父親叮嚀的阿爸
不知道怎樣做父親
往往是石頭般的沉默
往往是翠綠的芭蕉葉

阿爸上天堂了
想念比活著更真實
活著會回鄉探望
上天堂路變得更寬廣

阿爸陪伴我長大
我比阿爸幸福

阿爸上天堂
我還可以真實的回憶

2018/2/21修
2019/1/9修
發表於笠詩刊329期

食飽未？

不知道
要跟父親說
什麼話
拿起電話
支支吾吾
「食飽未？」

父親嘴巴
含著一口飯說
「食飽啊！」

電話等得不耐煩
衝口而出
「我愛你！」

2012/7/18修
發表於笠詩刊329期

阿爸老了

老了　阿爸
沒有退休俸　可領
銀行存款簿　數字瘦巴巴
沒有土地　可出售
工作的體力　走下坡

種植數十棵綠芭蕉
賺取微薄的生活費

阿爸　老了
心情不敢　老
年輕的心　渴望工作
想當農夫　沒有農田
想做生意　沒有本錢
想做粗工　沒有體力

阿爸　老了
種植數十棵芭蕉樹
找到了生活的福音

每一弓芭蕉，躍出
生命的成熟

阿爸　在芭蕉上
找到了　哪吒三太子
遠離了　過胖的歲月
阿爸種芭蕉　咀嚼喪父的陰影
咀嚼跟阿嬤　相依為命的光陰

會讀あいえうお
不會ㄅㄆㄇㄈㄊㄉ

2012/7/18修
發表於笠詩刊329期

六月六日，那一天

六月五日的午餐
我煎了一尾黃魚
您說黃魚的卵好吃
您也挾一塊給阿母吃

六月六日下午
您的孫女辦理住院手續
跟肺腺癌宣戰
全家總動員

六月六日下午
您坐在芭蕉下　靈魂
跟著阿嬤到天頂了
留下冰冷的軀體

再多的淚珠
也搆不著你的靈魂

再多的假如
也叫不醒您的身軀

2019/11/1修
笠詩刊334期

萬仔！萬仔！

阿爸往生後

阿母雙手拿著兩個五十箍銅板
一再的哭呻　阿爸的小名
「萬仔！萬仔！
　我按呢做
　你會歡喜？」

失去六十年的老伴
阿母的　寂寞
比北極的冰雪　還冷

冰雪　冷冷的

子女的貼心
黏袂著
阿母墜落的　心肝

2018/2/21修
2019/3/20修
笠詩刊331期

阿爸！阮轉來了

爸爸過世了
留在存款簿的遺愛
不能領出來

天光了
阿爸留下的愛
會讓盆栽　長出綠葉子
會讓素心蘭　發出香香的花蕊
會讓芭蕉樹　生出飽滇的香蕉

轉去北斗家鄉
不能再喊叫
「阿爸！阮轉來了」

阿爸留下的愛
塞在嘴巴
駐在嚨喉裡

領袂出來的愛
總是積壓在心頭

2012/8/6修
2018/2/21修
2019/4/12發表於中華日報副刊

阿爸的輓歌

阿爸養育我長大
阿爸不為我所有
只有與他對話時
才肯願意屬於我
好像含在嘴巴的巨峰葡萄

小時候
阿爸用腳踏車
載我到結拜兄弟家吃拜拜
阿爸是我親密的好伙伴

讀初中
阿爸煩惱阿嬤的喪葬費
肝憂鬱　面黃肌瘦
阿爸在家陪我們玩象棋
阿爸是我的好玩伴

讀師專
阿爸找到了
種植盆栽的樂趣

早晚修修剪剪
不再修剪我的生活

師專畢業
抽到金馬獎
您不會寫信
您的影子
跟隨陽光
照在我的身軀

結婚時
您默默的沒說半句話
由阿母全權處理
默默忍受阿母的大小聲
女兒阿臻誕生了
您升格當阿公
天天載著她
四處拜訪朋友

調職到台中
次女阿穎誕生
生活更加忙碌
僅僅買衣服送給您
或塞零用錢給您
您是門前那一棵苦楝樹

從職場退休
抽空返鄉與您共餐
您依然忙於盆栽修剪

阿爸不為我所有
只有與他對話時
才肯願意屬於我
好像咬了一口的芭蕉　甜！

阿爸您辭世了
種下的一粒稻子
稻穗結不出喜悅

您在世上八十五歲
總是停留，那一天
六月五日與您一同吃午餐

2018/2/21修
發表於笠詩刊329期

阿爸對不起

阿爸　對不起
您的孫女Sherrie
肺的腫瘤又增多了
心情的石頭又增多了

不知道
該怎麼辦

窗戶前的仙人掌
板起臉孔對我說
「不要再亂想了
學我默默的　靜坐
陽光會照在我身上」

阿爸　對不起
我聽不懂仙人掌的話

2019/3/27
笠詩刊第333期

賣雞販

一雙手
一雙腳
一粒骨力的心
負擔著一家六口的腹肚

一台腳踏車載著
一籠雞仔
大街小巷
村頭村尾
吆喝著
「俗擱好吃的土雞！」
「尚蓋好吃的土雞！」

躺在床上　夢中
這樣的場景
眼淚變成蚊子
在耳邊嗡嗡叫

陽光在窗戶旁亮亮的叫喊
「起床了！」

「日頭照尻川！」
陽光不知道
這樣的夢有多辛酸

一台鐵馬載著
載著一家六口的腹肚
雙腳用力踩　騎向何處

2019/3/27修
笠詩刊331期

種芭蕉的態度

種芭蕉的態度
捨不得澆水
自來水太貴
捨不得施肥
肥料太貴
捨得流汗

摘芭蕉
捨不得芭蕉受傷
捨不得子女辛苦

2018/2/21修
笠詩刊333期

許久　許久

許久　許久
跟著阿爸祭拜不曾見過面的祖先
許久　許久
跟著阿爸祭拜阿爸不曾見過面的祖先

祖先祭拜祖先的身影
祖先的祖先的身影　祭拜
祖先的祖先的身影

百日後
阿爸也成為祖先的身影

看慣了阿爸流汗的眼睛
不習慣阿爸遺照的眼睛
那是一冊歷史的小書
收藏　阿爸無以數計的眼睛

手持三枝清香
看慣阿爸的眼睛
我的眼睛膽小也膽怯

眾多的列祖列宗
一定有話要說
只是　耳朵聽不到

金紙熊熊的火焰
阿爸的眼睛
熊熊的火焰的發亮

2012/10/24
笠詩刊323期

阿爸的身影

阿爸的身影
夜一般的沉默
夜一般的漆黑

阿爸的身影
在我心靈　擺放
裝置藝術

阿爸的身影
曬乾的蘿蔔
收藏陽光的愛

阿爸的身影
大腳踩在
思念的小腳

我的身影
思念
跟隨著阿爸的身影

2023/6/2修
笠詩刊333期

六月六日那一天

六月六日那一天　我哭泣哀痛

我哭泣，阿爸不能再為我擔憂
我哀痛，我不能再為阿爸分擔

肥胖的地球變瘦了
從我們的腳下變瘦了

我哭泣，失去叫阿爸的咒語
時間將永恆地把阿爸收藏起來

我哀痛，阿爸講話的聲音變成錄音帶
歲月隨時播放　阿爸二歲時喪父的悲愴
阿爸靦腆的面貌　隱藏著欠缺父愛的維他命B群

我哭泣，潔身自愛的阿爸
日常生活想盡各種辦法自己做
我哀痛，阿爸吃一碗白米飯　咀嚼似神仙

我哭泣哀痛　六月六日那一天

附註：六月六日友人盧媽媽送女兒詩穎前往台中榮總辦理住院手續，友人開車返回市區，車子剛開到大門口，手機響起，妹妹告知阿爸往生了。心臟左右痛，快速趕回故鄉北斗，隔天又得到醫院幫忙照護女兒。無法全心全力為阿爸辦好告別式，女兒也無法出院送阿公最後一程。

2012/12/5修

2019/5/21修

笠詩刊331期

寫詩

讀師專一年級，在圖書館讀到詩
壓根兒沒想到，我竟然會想寫詩
我的詩是一株蒲公英的花朵
找不到地方落腳

我的詩像阿爸種芭蕉
結了碩碩的果實
記錄著我平凡單調的生活
詩，一直不會多看我一眼

不識字的阿爸
不知道我會寫詩
只會將我購買的書
一本本的擺放整齊

我讀詩寫詩
尋找阿爸和我走過的路

甚至阿公阿嬤走過的路
我看見一盞發光的路燈

2012/12/27
2019/9/1
笠詩刊333期

阿爸主義

阿爸主義
總是在種植
種植芭蕉
種植芋頭
種植番薯
種植蔬菜
種植自己

從早到晚
颳風下雨
春夏秋冬
時間在汗珠行走
汗珠在時間畫畫

2023/6/2修
笠詩刊332期

活著

忘不掉的懷念
讓我活著
Sherrie生病的傷痛
讓我活著

活著
不斷的悲傷
追逐，海的盡頭
讓我活著

活著
撐著
逐漸衰老的身體
讓我活著

死去的阿爸
一朵飄來飄去的雲朵

好像躲在某個角落
活著

2023/6/2修
笠詩刊332期

我愛阿爸

我愛阿爸，就像
我愛樸素的北斗

阿公的爸爸在半路店種菜園
阿爸的爸爸四處蒐購檳榔販賣
阿公英年早逝阿爸剛出世不久
阿爸晚婚有三男一女
戀戀北斗

小時候北斗肉圓出名
邁入耳順之年
北斗肉圓揚名全國
教員、警員成為父母對子女的期待
濁水溪的河床縮小了，仍然
繼續為北斗唱歌灌溉農田

阿爸繼續留守半路店種植芭蕉
繼續守護阿公的爸爸的志業
沐浴在太陽吻過的豐沛土地

身軀倚靠在巨大的芭蕉樹幹
閉上安詳的眼睛

2013/1/7修
笠詩刊333期

阿爸謝謝您

阿爸謝謝您
讓我懷念

懷念　您的忠厚
懷念　您的節儉
懷念　您的樸素
懷念　您的意志

2013/1/7修
笠詩刊333期

員林到了

車窗出現
一片搭棚的葡萄園
耳朵會聽見
車長親切的聲音
「員林到了，下車的旅客請準備。」
一顆心　懸在半空中

阿爸憨厚的臉貌
滿身點點滴滴的芭蕉乳汁
好像一幅波洛克的抽象畫

下了火車　站在車站前
阿爸的影像　在寬廣的天空前
向我招手　　吹來一陣冷風
一棵欒樹紅色的果實
若無其事的搖頭晃腦

找不到
黃色的計程車

附註：傑克遜．波洛克是一位有影響力的美國畫家以及抽象表現主義運動的主要力量。

2019/7/4修
發表於笠詩刊332期

父親節

父親往生後的父親節
日子是逗號，找不到「語詞」
心情是刪節號，找不到「等待」

父親仍然，在家裡等我回家

2013/1/8修
笠詩刊337期

今夜的天氣這麼冰冷

今夜的天氣這麼冰冷
躺在龜狀墓地的阿爸
一定更冰冷

晚上睡不著覺
閱讀羅蘭巴特的《哀悼日記》
追憶阿爸的一生

蚊子嗡嗡叫是真實的
阿爸往生是抽象的
想念阿爸的我
卻被蚊子叫醒真實

2023/6/2修
笠詩刊332期

活跳蝦

阿爸，您躺下來

您走路的姿勢
您講話的語氣
您做事的態度
鏡子般的明亮

有一天，我也會躺下來

我會挺胸的走路
我會溫柔的講話
我會用心的做事
向您學習生活美學

阿爸，您永遠是尾活跳蝦

2013/1/10修
笠詩刊333期

寫詩無路用

阿爸　您一定會說
寫詩無路用
讀赫呢儕冊
擠出幾行小螞蟻的詩
能當飯吃嗎

阿爸　您一定會說
寫詩無路用
寫了三十多年
也只是幾行小螞蟻的詩
腹肚嘛食袂飽

阿爸　您一定會說
寫詩無路用
暗時卡早睏，卡有蠓仔
不要再學貓頭鷹
叫詩

2023/6/2修
發表於台文戰線054期

東螺北斗街

阿公對阿爸是模糊的
阿公對我是未知的
聽不見　我叫阿公

我的血液會有幾分之幾
阿公的血液　卻
映不出阿公的臉龐

蔡氏，東螺北斗街
僅僅是半路店
一戶人家

阿爸想念阿公是朦朧的
我不曾當面叫阿公
躲藏在半路店的天空

2019/4/18修
笠詩刊332期

呵，父親

穿著釣魚裝的背心
一雙登山鞋
渾身沾滿芭蕉乳汁

呵，父親
為了留住你漸漸消失的身影
雖然晨曦已經把夢剪成芭蕉葉
我還是不敢睜大眼睛

穿上你曾經穿過的衣服
依依不捨
生怕失去你特有的味道

呵，父親
梅花的花朵在寒風中噴香
卻害怕花謝了結不出梅子
我告訴北風不要用力吹

讀初中時
學校要繳交工藝品
你編織了一件迷你畚箕

呵，父親
我看著你靦腆的照片
渴望站在你身旁說說話
傾訴有一點苦味的童年

早上為你留下來的盆栽澆水
感覺你在身旁
告訴我如何修剪盆栽

呵，父親
懷念蜜蜂的釀蜜
不是苦澀　不是酸汁
甜蜜蜜的蜂蜜

2023/6/2修

刊登於文學台灣111期、入選2020年現代詩選

苦楝樹

阿爸送我一棵苦楝樹
春天開著淡紫色的花
夏天結出黃色的果實

早上到頂樓澆水
看到黃色的果實枯乾了
看見您　留下黃黃的愛

冬天來了
葉子掉光了
懷念您　長出綠綠的嫩葉

2023/6/2修
笠詩刊334期

芭蕉

有
保持根深蒂固的高大

有
半路店阿公遺留的血點

綠的　黃的
阿爸堅持生活存在的哀愁

仿錦連的詩作〈檬果〉

註：血點，出生的地方。

2023/6/2修
笠詩刊334期

六月六日後

六月六日後
那些在夢裡躡足偷走在半路店的身影，全被
躺下的軀體，清洗乾淨了
僅僅留下　豐腴的靈魂

2013/1/27
笠詩刊334期

孤鷺

飄走的雲朵
一如往生的阿爸

「叫一聲阿爸！」
永遠不可能了
這是虛無的存在
還是存在的虛無

望著遠方的天空
看見，一隻孤鷺飛過天空

2018/1/1修
笠詩刊334期

寶斗，北勢寮

阿爸的兒子

我無法反抗神的思考
卻擁有反抗的意志
神是什麼，我不知道
我是什麼，我在探索

神總是計算死亡的日期
想著怎樣的病痛降臨
我僅僅是一株小草
隨時都可能被踩被拔被枯乾

夜幕降臨
追憶阿爸的一生
成為阿爸的兒子
可能是神賞賜的禮物
我的肉體
僅僅是一片落葉
隨時都會飄落
靈魂呢，誰曉得

2018/1/1修
笠詩刊334期

釀

父親用一輩子
思念他的父親
默默地在心底釀蜜

小心翼翼的
拿著歲月的湯匙
一湯匙
一湯匙
一湯匙
餵養我們兄妹長大

成為父親的我
跟隨父親學習釀蜜
料想不到
為女兒釀出了
一甕天堂的葡萄酒

2018/1/2修
2020/3/7
笠詩刊336期

我識字

老爸喪失伊的老爸
細漢的時陣
袂當吃到老爸的愛
麻袂當吃到讀冊的滋味

老爸不識字
僅僅依賴著雙手、雙腳和意志
填飽家人的肚子
供應家人的日常生活

我識字
我才知道
佇戰後的國語優勢下
父親覸在烏戛戛的邊角
匑匑、自卑

我識字
我才知道老爸
偷偷的被貼上散赤

這一頓有飯吃
趕緊快樂吃

我識字
嘛袂當逃脫戒嚴令
仍然是一頓苦過一頓
不敢數想會有太陽的溫暖
會有月亮的溫柔

我識字
仍然悶悶不樂
女兒破病
目金金看著她上天堂
我的雙手萎縮
心靈也乾裂
日子　失焦的影像

我識字
看不見上帝
真想對上帝說

她，我的希望
她，在英國新堡大學
開出黃色的小花
還來不及露出笑容，隨謝

我識字
揣袂著
坐到天堂的航空公司
夢坐上思念的飛機
揣袂著降落的跑道

2018/1/10修
2023/6/2修

遺照

阿爸，盡情發揮你的
綠手指，種植盆栽
放下阿母及兒女

一輩子，夠辛苦了
不要再讓遺照　憂鬱
笑一個吧！

2018/1/11修
笠詩刊第336期

蚊子

阿爸
把自己租給了工作和家人
往生了
陪伴天上的父母親

阿爸
把家人貼在心頭
暗時睡覺時
阿爸躲在蚊帳內
讓夢嗡、嗡、嗡……

留下
不肯離去的蚊子

2023/6/2修
笠詩刊第336期

鹹酸甜

阿爸作田
流的汗
是鹹的

日頭煎
流的汗
是酸的

稻仔飽穗
流的汗
是甜的

員林出產鹹酸甜
阮兜嘛出產鹹酸甜

刊登於台文戰線

井

阿爸往生了

心中的井

懷念的渴

2018/1/18修

買雞喲

阿爸散赤
一台腳踏車
一只鐵雞籠
一粒地球的心

載著鐵雞籠的雞
大街小巷　吶喊
一個村莊又一個村莊
「買雞喲！買雞喲！」

過午了
肚子　咕咕叫
腳踏車騎得更快
趕回家吃冷飯冷菜

2018/1/24
笠詩刊337期

芭蕉

八十歲那年
阿爸在舊家半路店
種植芭蕉
閱讀芭蕉
收割芭蕉
閱讀童年
把生命寫在芭蕉的果實

2018/2/3

墓碑

黃昏照在墓碑上的遺照
告別了，北斗鎮的
日常生活

地球，繼續運轉

龜形的墓地
阿爸是吃泥土
還是吃黑夜

2018/1/18修
笠詩刊365期

芎蕉園

阿爸在北勢寮半路店
出生的地方
找到生命的出口

種植芭蕉
販賣芭蕉

最後摘下的
一弓香蕉
也摘下他的生命

2018/3/23修
2023/6/2修
笠詩刊366期

六月六日

阿爸出世兩歲
就失怙，阿祖
沒有留下田園、現金
春天在遙遠的　天邊

阿爸找不到阿爸的身影
六月六日　這一天
阿爸在出生地半路店
一棵芭蕉樹下　過身

今天六月六日，忌日
我想要對您說，您辛苦了
有一天　我往生
小孫女會對我說什麼話

2019/6/1初稿
2022/6/1修稿

父親的臉

繪畫，父親的臉
畫筆，看不見土地
油彩，看不見天空
畫布，看不見高山

轉身，看見

漸遠漸去的背影

留下孤單的身影

父親摘下的一弓芭蕉
攤在地上

2023/6/2修
笠詩刊337期

背影

父親不識字
長年累月閱讀花草樹木

春天吐新芽
夏天結果實
秋天葉黃飄落
冬天樹幹理光頭

安撫　他貧窮的苦悶
安慰　他活下去的孤獨

凝視他的背影
是樹也是花

2020/4/23
笠詩刊337期

父親的臉，繪畫著

父親的臉，繪畫著
窮困、呻吟、拖磨
失血的土地、天空、高山
甚自自己的名字

窺見
逐漸走遠的背影
拖磨，緊跟在後面
呻吟，長長的影子

書籍

阿爸不曾閱讀過一本書籍，卻喜歡
閱讀天空、土地、盆栽，甚至雜草

生於日本殖民時代
結婚於戰後初期

踩著腳踏車大街小巷
賣雞，養活四個孩子

父親沉默寡言
常常對花草樹木說話

那一年倒在芭蕉樹下
還抱著一弓飽滿的芭蕉

儉

快過年了
一個影子颱風似的吹入
腦海裡

阿爸不曾用過鬧鐘
然而意志的鬧鐘
敲響太陽的耳朵

將籠子裡的雞
每一隻灌食
載著一籠雞仔
騎入鄉間小巷
沿路吆喝　買雞唷！

過午了
忍著飢餓
回家吃冷冷的飯菜

2021/2/10

阿爸，您離開了

阿爸，您離開了
回家的道路　起霧了
您仍然在我身旁守護著我

6月5日共享午餐
您說黃魚的卵好吃
夾一塊給阿母吃

6月6日在中榮第二診察室
手機響起　妹妹告訴我
您離開了　悄悄地離開了

身體比我健康的您
怎麼可能
阿爸　您走了
也不告訴我一聲
一句話　也沒說
太不夠意思

2021/7/16

黃脈赤桐

黃脈赤桐長不出新葉子，長不出新葉子，就是長不出新葉子！

阿爸割下一弓碩大且肥胖的芭蕉，不知是否太重了，昏倒了，再也站不起來，再也站不起來！

忽然，看見阿爸載著一弓芭蕉回家。

阿爸在天堂種芭蕉。

2021/7/26

阿爸的世界

阿爸
出生那天始
只會說阿嬤教他的話
——閩南語
沒上過小學
生活是他的學校
用眼睛觀察每一件事情
也探索每一件事情

2021/8/2

清明節

清明節當天
跟隨阿爸到北斗公墓掃墓
割雜草，蓋新瓦片
點香祭拜，燒金紙

如今阿爸也往生了
阿爸長長的影子
教我如何翻閱
翻閱他孤苦的一生

去世的女兒
也躺在泥土裡
清明節那一天
誰會去拜訪她

走入北斗第二公墓
哭腫了的土，眼淚澆濕了蔓草
阿爸的相片不肯老
思念的心情起了皺紋

2021/3/9

撿骨

挖土機挖開墳墓
打開棺木
肉體不見了
剩下骨頭
留下懷念
也把懷念入甕

2022/9/14

叫，爸爸

沒有叫過「爸爸」的父親
露出含羞草的臉貌
不知如何跟孩子說話
露草的表情
不知如何愛孩子

我叫「爸爸」
他是一片大海

2022/10/4

麻雀

在失去天空的國度上
飛行
飛來　這一棵日本樹
飛去　那一棵國民黨樹

飛來飛去
找不到可以呢喃的樹枝

2022/12/14

北勢寮的冬天

西安里的蔡家住宅賣給建商後，記憶裡的爭爭吵吵，都將被鋼筋水泥封死了。

阿爸種植的芭蕉成為阿爸最後的遺產，成為阿爸晚年的食物記憶。冬天竹管厝擋不住寒風的吹襲。

2022/12/16

父親

母親坐在輪椅上
父親一定會幫她腳底按摩
看不見父親了
因為母親又在使喚父親了

就父親而言
母親一株凋謝的朱槿
明天馬上又是一朵盛開的朱槿

住在天上太子元帥家的父親
母親住在父親裡

2022/12/27

撿金

父親往生土葬
公所來函通知
——撿金

恭請撿金師傅
從墳墓挖出屍骨
清除乾淨
再放入金斗甕　進塔
再擺放在一個櫃子裡
——儲藏

再來
是誰
要打開來
——思念

2022/12/28

輯五　寫給弟弟榮聰的詩

兄弟是放在胸口裡的東西
拿不出來
摸起來　燒燒的

板橋之行

早上從台中搭高鐵09:36 to 板橋，高鐵票又說錯了，台中-板橋，說成台中-台北。板橋車站下車搭計程車，前往互助街80號。

進入客廳弟弟還躺在床上，跟弟媳聊了一下，他才從床上費力的爬起來，坐在椅子上一直對我說，他活不久了。

全身膚色皙白，瘦了很多，尤其是雙腿塌下去。喉嚨卡著淚珠，詞窮，找不到安慰的話。

回程，坐在高鐵的椅子上，他的影子塞滿心頭，整個身體雲一般飄浮起來，找不到駐停的地方。

2023/4/13修

握住你的手

四月一日那一天，在病床上，我握住你的手，陽間與陰間之手，我無法拉住你的靈魂。兄弟六十六年這一握是永別。我不想放手！

握住你的手，我不想放手！你慢我兩年出生，我們來自同一個洞穴，共同在北勢寮一起長大。

握住你的手，我不想放手，一放手就會有人帶你到天上，阿母、阿爸都會出來迎接你；我還是不肯放手！

握住你的手，我還不想放手！我還要跟你一同細數北勢寮童年快樂的日子，帶著孫子或孫女來拜訪。

握住你的手，我不想放手！我的心跟手一樣溫暖，你將會孤獨的漫步在阿福花（地獄花）的蒼白草原上，陽間我仍然握住你的靈魂。

握住你的手，我絕不放手！黑暗之神我不怕，我的手有光，那是兄弟的情誼，永遠不會熄滅！

握住你的手，你一定會對我說，大哥我不想死去，我想活下去，我還想抱孫子，大哥，我該怎麼辦，才能自然地死去，我要跟爸媽住在一起。

2023/4/13修

2023/4/14修

給弟弟榮聰的一封信

明明知道你病危了，聽到弟媳金蘭告知你過身了，有如一把尖刀刺到胸膛，找不到任何可以安慰自己的字詞。弟弟一生老老實實的幹活生活，父親一樣的模子，也像老家父親種植的芭蕉，結出果實就枯萎乾淨俐落。

讀完國中一年級，母親就將弟弟送去跟做鋼琴師傅當學徒。做了幾年之後，母親又經親戚的介紹，又到台北學做歐化廚具。相信這段期間一定受到諸多欺負與折磨，每次想起來總會心酸酸的。淚珠懸掛在蜘蛛網上，隨風搖擺。

就讀師專時，你曾經來找我，我沒有辦法給你零用錢，看他離去的背影，不禁淚湧心頭夜深人靜時，抱著你的身影入睡。

師專學業尚未完成，你終於熬出頭來，獨當一面當師傅。每次返鄉總會標會，帶一筆錢給母親，北勢寮老家房子翻修，就是你出資蓋的。

結婚之後，身無分文一個人偕妻北上定居板橋互助街到現在，認認真真工作扶養一男一女長大成人。男生事業有成，剛新婚，女生則在基隆長庚當護士。

遺憾的是他來不及含飴弄孫，這是弟弟時常對我說的心願，熬不過母親過身百日祭，天命不可違，嗚呼哀哉！哭泣再哭泣！真實不虛！故說波羅密多咒！

附註：今晨，偕妻前往板橋殯儀館為他上香。弟媳念夫妻情，每日晨起為弟弟祭拜菜碗蔬果，深深感動，祝福她身體健康身體健！**觀自在菩薩行身般若波羅蜜多時照見五蘊皆空度一切苦厄。**

2023/4/5初稿

2023/4/13修

2023/4/17修

語言文學類　PG2978　秀詩人115

寶斗，北勢寮

作　　者／蔡榮勇
責任編輯／陳彥儒
圖文排版／陳彥妏
封面設計／吳咏潔

發 行 人／宋政坤
法律顧問／毛國樑　律師
出版發行／秀威資訊科技股份有限公司
114台北市內湖區瑞光路76巷65號1樓
電話：+886-2-2796-3638　傳真：+886-2-2796-1377
http://www.showwe.com.tw
劃撥帳號／19563868　戶名：秀威資訊科技股份有限公司
讀者服務信箱：service@showwe.com.tw
展售門市／國家書店（松江門市）
104台北市中山區松江路209號1樓
電話：+886-2-2518-0207　傳真：+886-2-2518-0778
網路訂購／秀威網路書店：https://store.showwe.tw
國家網路書店：https://www.govbooks.com.tw

2023年8月　BOD一版
定價：350元

讀者回函卡

國家圖書館出版品預行編目

寶斗,北勢寮/蔡榮勇著. -- 一版. -- 臺北市 :
秀威資訊科技股份有限公司, 2023.08
面； 公分. -- (語言文學類 ; PG2978)
(秀詩人 ; 115)
BOD版
ISBN 978-626-7346-11-2(平裝)

863.51 112011775